Las bellas hijas de Mufaro

está inspirado en un cuento popular recogido por G.M. Theal y publicado en 1895, en su libro *Kaffir Folktales* (Cuentos populares de Kaffir). Los detalles de las ilustraciones están basados en las ruinas de una antigua ciudad encontradas en Zimbabwe, y en la flora y la fauna de esa región. Los nombres de los personajes son del lenguaje shona: Mufaro significa "hombre feliz"; Nyasha significa "compasión"; Manyara significa "avergonzada"; y Nyoka significa "serpiente". El autor agradece a Niamani Mutima y Ona Kwanele, del Instituto afroamericano y a Jill Penfold, de la Misión de Zimbabwe, por su gran ayuda en la investig...

ESTE LIBRO ESTÁ DEDIC.
A LOS NIÑOS DE SUDÁFR...

rayo

una selección de los títulos más populares

Mis cinco sentidos (My Five Senses) • Aliki
Buenas noches, Luna (Goodnight Moon) • Margaret Wise Brown/Clement Hurd
El conejito andarín (The Runaway Bunny) • Margaret Wise Brown/Clement Hurd
La mariquita malhumorada (The Grouchy Ladybug) • Eric Carle
Pan y mermelada para Francisca (Bread and Jam for Frances) • Russell Hoban/Lillian Hoban
La hora de acostarse de Francisca (Bedtime for Frances) • Russell Hoban/Garth Williams
Llaman a la puerta (The Doorbell Rang) • Pat Hutchins
Harold y el lápiz color morado (Harold and the Purple Crayon) • Crockett Johnson
¡Salta, Ranita, salta! (Jump, Frog, Jump!) • Robert Kalan/Byron Barton
Si llevas un ratón al cine (If You Take a Mouse to the Movies) • Laura Numeroff/Felicia Bond
Si le das un panecillo a un alce (If You Give a Moose a Muffin) • Laura Numeroff/Felicia Bond
Si le das una galletita a un ratón (If You Give a Mouse a Cookie) • Laura Numeroff/Felicia Bond
Si le das un panqueque a una cerdita (If You Give a Pig a Pancake) • Laura Numeroff/Felicia Bond
Donde viven los monstruos (Where the Wild Things Are) • Maurice Sendak
Se venden gorras (Caps for Sale) • Esphyr Slobodkina
Un sillón para mi mamá (A Chair for My Mother) • Vera B. Williams
Harry, el perrito sucio (Harry the Dirty Dog) • Gene Zion/Margaret Bloy Graham

Rayo is an imprint of HarperCollins Publishers

Mufaro's Beautiful Daughters
Copyright © 1987 by John Steptoe. Spanish translation copyright © 1997 by The John Steptoe Literary Trust
Title calligraphy by Julian Waters. Manufactured in China. All rights reserved.

Library of Congress Cataloging-in-Publication Data
Steptoe, John.   Mufaro's beautiful daughters.   Summary: Mufaro's two beautiful daughters, one bad-tempered, one kind and sweet, go before the king, who is
choosing a wife.   ISBN 0-688-04045-4 (tr.) — ISBN 0-688-04046-2 (lib. bdg.) — ISBN 0-688-15481-6 (pbk.)   [1. Fairy tales.   2. Africa—Fiction.]   I. Title.
PZ8.S585Mu   1987   [E]   84-7158

5 6 7 8 9 10 ❖ Revised Spanish Edition, 2003 Visit us on the World Wide Web! www.harperchildrens.com

JOHN STEPTOE

Las bellas hijas de Mufaro

CUENTO POPULAR AFRICANO

Traducido por Clarita Kohen

HarperCollinsPublishers
rayo

HACE MUCHO, MUCHO TIEMPO, en cierto lugar de África, había una pequeña villa que se encontraba al otro lado del río y a medio día de distancia de donde vivía un gran rey. En esa villa vivía un hombre llamado Mufaro junto con sus dos hijas llamadas Manyara y Nyasha. Todo el mundo aseguraba que Manyara y Nyasha eran muy bellas.

Manyara estaba casi siempre de mal humor. Se burlaba de su hermana a espaldas de su padre, y hasta se le oyó decir: —Algún día, Nyasha, yo seré reina y tú serás mi sirvienta.

—Si así fuera —respondió Nyasha—, servirte sería un gran placer para mí. Pero, ¿por qué dices estas cosas? Tú eres inteligente, fuerte y muy bella. ¿Por qué eres tan infeliz?

—Porque todo el mundo habla de lo bondadosa que *tú* eres, y alaban todo lo que tú haces —respondió Manyara—. Estoy segura de que nuestro padre te quiere más a ti que a mí. Pero cuando yo sea reina, todos sabrán que tu absurda bondad no es más que señal de flaqueza.

A Nyasha le entristecía mucho que Manyara se sintiera así, pero no hacía caso a las palabras de su hermana y seguía con sus labores. Nyasha cuidaba de una pequeña parcela donde plantaba mijo, girasoles, batatas y verduras. Siempre cantaba mientras trabajaba, y algunos aseguraban que su canto hacía que su cosecha fuera más abundante que la de los demás.

Un día, Nyasha encontró una pequeña serpiente de jardín que descansaba debajo de una rama de batata. —Buenos días, pequeña Nyoka —le dijo—. Aquí siempre serás bienvenida. Te ocuparás de alejar a cualquier criatura que pudiera arruinar mis verduras. Se inclinó hacia la serpiente, le acarició la cabeza cariñosamente y regresó a su labor.

Desde ese día, Nyoka estuvo siempre al lado de Nyasha cuando ésta trabajaba en el huerto. Hasta se decía que la muchacha cantaba más dulcemente cuando la serpiente se hallaba cerca.

Mufaro no tenía idea de cómo Manyara trataba a Nyasha. Nyasha era muy considerada y no quería molestar a su padre con sus quejas. Y Manyara se cuidaba mucho de portarse bien cuando Mufaro se hallaba cerca.

Un día, bien temprano por la mañana, llegó un mensajero de la ciudad. El gran rey buscaba esposa. "Se invita a las hijas más dignas y bellas del reino a comparecer ante el rey. Entre todas, el rey elegirá una reina", proclamó el mensajero.

Mufaro llamó a Manyara y a Nyasha. —Sería un gran honor para mí que alguna de las dos fuera la elegida —dijo—. Prepárense para el viaje a la ciudad. Llamaré a todos nuestros amigos para que formen parte de la comitiva nupcial. Partiremos mañana, con la salida del sol.

—Pero padre —dijo Manyara dulcemente—, sería doloroso para nosotras dejarte solo, aunque fuese para ser la esposa del rey. Yo sé que Nyasha se moriría de pena si tuviera que separarse de ti. Yo soy fuerte. Yo iré a la ciudad y deja que la pobre Nyasha sea feliz aquí, contigo.

Mufaro se llenó de orgullo. —El rey ha convocado a la más digna y la más bella. No, Manyara, no puedo dejar que vayas sola. Sólo un rey puede elegir entre dos hijas tan dignas. ¡Las dos deben ir!

Esa noche, cuando todo el mundo dormía, Manyara se escabulló silenciosamente fuera de la villa. Ella nunca había estado en el bosque durante la noche. Estaba muerta de miedo pero su codicia y su gran deseo de ser la primera en llegar ante el rey, la llevaba a seguir. Con el apuro, casi tropezó con un niño que apareció, de repente, en el medio del camino.

—Por favor —dijo el niño—. Tengo hambre. ¿Me darías algo de comer?

—Sólo tengo comida suficiente para mí —le respondió Manyara.

—Pero, ¡por favor! —pidió el muchachito—. ¡Tengo *tanta* hambre!

—¡Quítate de en medio, muchacho! Mañana seré tu reina. ¿Cómo te atreves a ponerte en mi camino?

Después de haber recorrido lo que parecía una gran distancia, Manyara llegó a un claro del bosque. Allí, reflejada contra la luz de la luna, había una anciana sentada sobre una enorme roca.

La anciana le dijo: —Te voy a dar un consejo, Manyara. Apenas pases por el lugar donde se cruzan dos caminos, verás una arboleda. Los árboles se reirán de ti. Tú no debes reírte. Luego, te encontrarás con un hombre que lleva la cabeza debajo del brazo. Debes ser muy cortés con él.

—¿Cómo sabes mi nombre? ¿Cómo te atreves a dar consejos a tu futura reina? ¡Apártate, vieja fea! —la regañó y salió corriendo sin mirar atrás.

Tal como lo predijo la anciana, Manyara llegó a la arboleda y, efectivamente, parecía que los árboles se reían de ella.

"Debo conservar la calma", pensó Manyara. "*Nadie* me va a asustar".

Entonces, miró directamente a los árboles y se rió fuertemente.
—Me río de ustedes —les gritó, y se fue corriendo.

Todavía no había amanecido cuando Manyara escuchó el sonido de la corriente del agua. "El río debe estar cerca", pensó. "La gran ciudad tiene que estar al otro lado del río".

Pero allí, sobre la cuesta, vio al hombre con la cabeza debajo del brazo. Manyara pasó corriendo a su lado, sin hablar. "Una reina saluda solamente a quien ella desee", se dijo. —Yo seré reina. Yo seré reina —canturreó, mientras se apresuraba para llegar a la ciudad.

Nyasha despertó con las primeras luces del amanecer. Mientras se vestía con sus mejores galas, pensó en cómo su vida podría cambiar para siempre a partir de ese día. —En realidad preferiría vivir aquí —admitió—. Me daría mucha pena irme de esta villa y no ver más a mi padre o cantarle a la pequeña Nyoka.

Sus pensamientos se vieron interrumpidos por el griterío y por la conmoción de la comitiva nupcial que se hallaba reunida afuera. ¡Manyara había desaparecido! Todo el mundo se movía agitadamente, buscándola y llamándola. Cuando descubrieron sus pisadas por el camino que conducía a la ciudad, decidieron continuar viaje, tal y como lo habían planeado.

A medida que la comitiva nupcial atravesaba el bosque, unos pájaros de brillante plumaje volaban rápidamente entre las frescas sombras de los árboles. A pesar de sentirse preocupada por su hermana, muy pronto Nyasha se dejó llevar por la emoción de todo lo que la rodeaba.

Se hallaban en lo profundo del bosque cuando alcanzó a ver al muchachito, de pie, a un lado del camino.

—Seguro que tienes hambre —le dijo, mientras le daba la batata que había traído para el almuerzo. El niño sonrió y desapareció tan súbitamente como había aparecido.

Luego, mientras se acercaban al lugar donde los dos caminos se cruzaban, apareció la anciana para indicarles el rumbo hacia la ciudad. Nyasha le dio las gracias y le entregó una bolsita llena de semillas de girasol.

El sol se hallaba bien alto en el cielo, cuando la comitiva llegó a la arboleda. Parecía que las ramas más altas se inclinaban con reverencia al paso de Nyasha.

Finalmente, alguien anunció que ya se hallaban muy cerca de la ciudad.

Nyasha se adelantó y alcanzó la cumbre de la cuesta antes que los demás. Se quedó inmóvil ante la vista de la ciudad. —¡Oh padre mío! —lo llamó—. ¡Esta ciudad debe estar protegida por un gran espíritu! Fíjate lo que se extiende a nuestra vista. Nunca en mi vida soñé que pudiera haber algo tan maravilloso.

Tomados de la mano, Nyasha y su padre descendieron la cuesta, cruzaron el río y llegaron a la muralla de la ciudad. Justo cuando entraban por la puerta principal, se escucharon unos terribles sollozos, y Manyara salió corriendo de una cámara que se hallaba en el centro del recinto. Cuando vio a Nyasha, se abrazó a ella llorando.

—No vayas a ver al rey, mi hermana. ¡Oh, padre, por favor, no dejes que vaya! —lloraba histéricamente—. ¡Allí hay un gran monstruo, una serpiente con cinco cabezas! Me dijo que sabía de todos mis defectos y que yo no le agradaba. Me hubiera tragado viva si no me hubiera escapado. Oh, mi hermana, por favor, no entres a ese lugar.

Nyasha se asustó mucho al ver a su hermana tan alterada. Pero la dejó con su padre, mientras ella se encaminó resueltamente hacia la cámara y abrió la puerta.

Sobre el asiento del gran jefe se hallaba la pequeña serpiente de jardín. Nyasha rió con alivio y alegría.

—Mi pequeña amiga —exclamó—. Qué placer verte, pero, ¿qué haces aquí?

—Yo soy el rey —respondió Nyoka.

Y allí, delante de los ojos de Nyasha, la serpiente de jardín cambió de forma.

—Yo soy el rey. Yo soy el niño hambriento del bosque con quien compartiste la batata y soy la anciana a quien le obsequiaste las semillas de girasol. Pero, me conoces como Nyoka. Porque he sido todos ellos, sé que tú eres la hija más digna y bella de la comarca. Me harías sumamente feliz si aceptaras ser mi esposa.

Y así fue como, hace mucho, mucho tiempo, Nyasha aceptó casarse. La madre y las hermanas del rey llevaron a Nyasha a su casa, y comenzaron los preparativos para la boda. Los mejores tejedores del país hicieron las más finas telas para el vestuario de bodas. Los habitantes de todas las villas de los alrededores fueron invitados a la fiesta y hubo un enorme banquete. Nyasha preparó el pan para el banquete nupcial con el mijo que había traído de su pueblo.

Mufaro proclamó a los cuatro vientos que él era el padre más feliz del reino, porque había sido bendecido con dos bellas y dignas hijas—Nyasha, la reina; y Manyara, quien ahora servía en el hogar de la reina.